ENCYCLOPÉDIE
DES
NOUVEAUTÉS SCIENTIFIQUES ET LITTÉRAIRES
Paraissant tous les jeudis.

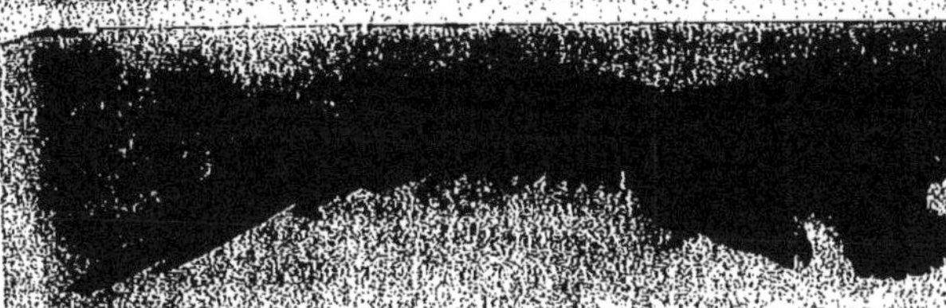

L'Alsace-Lorraine

Par Charles Clément

Prix : 15 centimes.

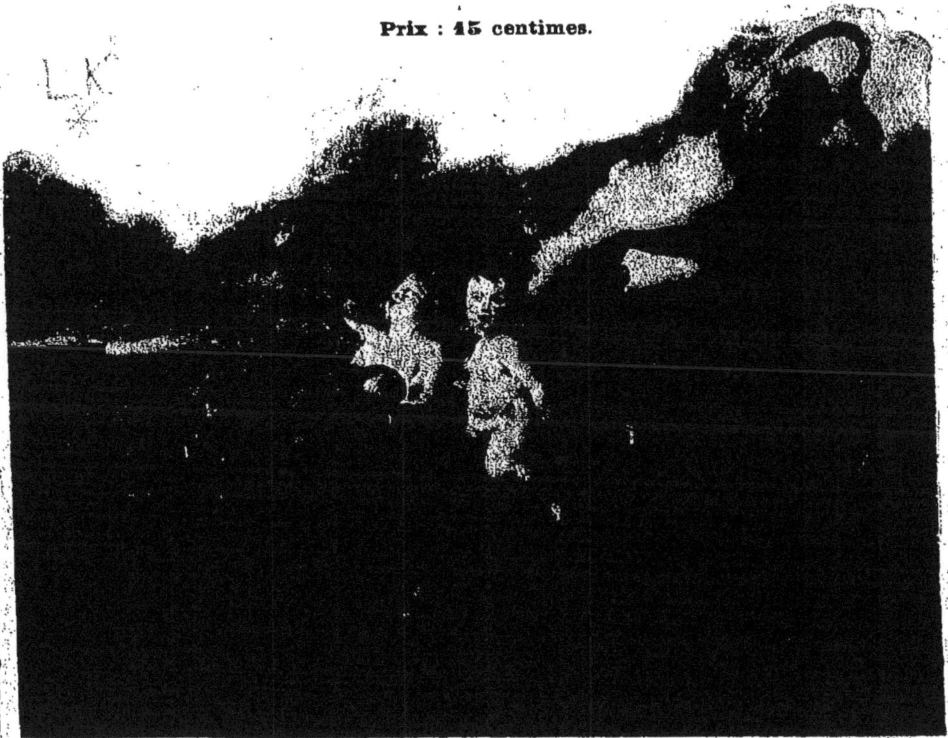

J.-B. Briaud & Cie, Éditeurs, 34, rue du Commerce, Paris.
Reproduction interdite. — 1re année.
N° 2

ABONNEMENTS : 10 fr. par an

En préparation :

Les Aimants.
L'Aluminium.
L'Algérie.
L'Absinthe.
L'Assistance publique.
Les Aérostats.
L'Alcoolisme.
L'Acier.
L'Arménie.
L'Analgésie.
L'Acétylène.
L'Antisepsie.
L'Alchimie.
Les Abeilles.
La Houille.
Les Allumettes.
Les Araignées.
Les Ballons.
La Banque de France.
Le Cœur.
Les Cyclones.
Le Cuir.
Les Cloches.
Le Chocolat.
Christophe Colomb.
Le Caoutchouc.
Le Café.
Le Corail.
Le Chat.
La Céramique.
Le Croup.
Le Charbon.

Le Choléra.
La Crète.
Le Diamant.
Le Diabète.
Les Égouts.
L'Eau.
L'Ergotisme.
L'Éléphant.
L'Évolution.
L'Épilepsie.
L'Éclairage.
L'Égypte.
Les Étoiles filantes.
Le Fer.
Les Fourmis.
Les Fourrures.
La Goutte.
Gay-Lussac.
La Galvanoplastie.
Hoche.
La Houille.
L'Hystérie.
Les Impôts.
Jeanne d'Arc.
Le Juif à travers les âges.
La Lune.
Les Localisations cérébrales.
La Lèpre.
Le Libre Échange.
Lavoisier.
La Musique.
Madagascar.

Le Nickel.
La Neurasthénie.
Newton.
L'Or.
L'Obésité.
Le Paratonnerre.
La Phagocytose.
Le Pôle nord.
Les Perles.
La Photographie des couleurs.
Le Protectionnisme.
La Poste aux lettres.
Le Pétrole.
La Peste.
Les Rayons X.
Richelieu.
Le Siam.
Le Sang et ses maladies.
Les Sauterelles.
Le Sucre.
Stercora.
Le Transformisme.
Le Thé.
Le Téléphone.
Le Tabac.
La Théorie atomique.
La Tuberculose.
Les Tremblements de terre.
Le Télégraphe sans fil.
Les Tours.
Vasco de Gama.
La Viande, etc., etc.

OUVRAGE PARU :

N° 1. — Le Pain de l'Avenir, par Ch. Thiabaud, ingénieur.

L'ALSACE-LORRAINE

PAR

CHARLES CLÉMENT

INTRODUCTION

Au mois de juin 1895, l'empereur d'Allemagne, Guillaume II, inaugurait le canal de Kiel. Nos vaisseaux furent de la fête. Quand ils furent rentrés dans les eaux françaises, commencèrent en Allemagne des réjouissances publiques, destinées à célébrer les anniversaires de la guerre de 1870. L'Alsace-Lorraine fut forcée de participer à ces manifestations : au *Sedanfeier*, Metz et Strasbourg assistèrent à des spectacles inoubliables, où le besoin de l'insulte le disputait au mauvais goût. Vingt-cinq ans auparavant, cependant, les couleurs françaises flottaient encore sur l'Esplanade et la place Kléber. Voulait-on, par ces démonstrations bruyantes, porter un coup à l'autorité morale de la France ? Espérait-on effacer du cœur des annexés le souvenir de leur véritable patrie ? Le seul résultat atteint dans la circonstance fut de tromper quelques esprits sur la situation et les sentiments vrais de l'Alsace-Lorraine.

Deux Français, en effet, de naturalisation récente, il faut le dire, crurent avoir trouvé le mot, qui résume le cours des choses et l'état des esprits, en disant alors, le premier :

renne, est, comme celle du Nil, nourricière d'une vigoureuse race d'homme. Des chemins de fer et des canaux la sillonnent. L'eau du fleuve alimente d'actives industries, les pentes des coteaux sont couvertes de forêts et de vignes, le sol fécond de la plaine porte tous les fruits et toutes les moissons.

Et partout s'élèvent des villes ; centres ouvriers comme Mulhouse et Colmar ; pittoresques et aimables résidences comme Saverne, Molsheim, Schelestadt ; des places fortes comme Huningue, Brisach et Strasbourg, Strasbourg, la cité merveilleuse, où revit l'Alsace entière, celle du moyen âge et celle des temps modernes, l'Alsace qui sait penser et chanter, méditer et agir.

La terre de Lorraine n'est pas moins noble, si elle est moins favorisée par la nature. Le sol y est plus ingrat, le paysage moins riant. Pourtant la vallée de la Sarre n'est pas sans poésie, et celle de la Moselle est à la fois pittoresque et fertile. Et comme la race y est laborieuse et énergique ! Elle dompte une terre pauvre et sèche et garde une physionomie franche et allègre.

« A Sarrebourg, dit Michelet, vous sentez tout à fait la France à l'air éveillé et spirituel des femmes... A Longwy, la France apparaît tout aimable. La plupart des figures sont intelligentes, martiales, distinguées ; de la grâce dans le mouvement... »

Toutes les villes de ce pays ont un renom et beaucoup une héroïque légende : Phalsbourg, Sarrebourg, Fénétrange, Marsal, Bitche, Thionville et surtout Metz, d'âme toute française, que nul n'a pu réduire et à qui la trahison seule a fait perdre son nom traditionnel de Metz-la-Pucelle.

II

Tel est le caractère géographique de l'Alsace-Lorraine. Voyons ses origines et sa formation historique.

Après la conquête de la Gaule par Jules César, l'Empire romain s'étendit à l'Est et prit pour limite le Rhin. Le fleuve puissant, *pater Rhenus*, servit d'obstacle naturel contre les barbares et défendit des camps fortifiés, qui devinrent des villes, Strasbourg, Mayence, Coblentz, Cologne, etc. La rive gauche du Rhin était terre romaine.

Les grandes invasions et le démembrement de l'Empire romain amenèrent dans notre pays la constitution de la monarchie franque, dont les principaux rois sont Clovis et Dagobert. A la mort de ce dernier, l'héritage fut partagé en deux régions : la Neustrie, pays des Francs romanisés; l'Austrasie, pays des Francs restés Allemands.

Survint Charlemagne. Il supprima ces divisions et reconstitua, au profit des Francs, l'Empire romain d'Occident. Mais son œuvre fut éphémère. Son fils, Louis le Débonnaire, la compromit par ses fautes et sa faiblesse, et, quand il disparut, ses trois fils survivants se taillèrent dans l'empire les parts suivantes :

Louis le Germanique eut l'Allemagne transrhénane; Lothaire reçut, avec le titre d'empereur, la haute Italie et le pays compris entre les Alpes et le Rhin à l'est; la Meuse, l'Escaut, la Saône et le Rhône à l'ouest. Charles le Chauve eut le pays en deçà de ces cours d'eau jusqu'à l'Océan et à la Méditerranée. En résumé, et pour simplifier, Charles eût la Neustrie (la France romane), et Lothaire, l'Austrasie (la France germanique).

C'est donc dans la part d'héritage échue à Lothaire que se trouve l'actuelle Alsace-Lorraine, c'est-à-dire l'Alsace, la Lorraine allemande ou pays de la Sarre, et l'évêché, ou, plus tard, la république de Metz.

Que devient la situation de ces pays par rapport à la France? La France est alors, c'est-à-dire au xe siècle, entre la Meuse et la Loire, avec Paris pour capitale. Elle s'élève progressivement à la conscience nationale, et, à à travers des vicissitudes sans nombre, groupe autour de l'Ile-de-France les fiefs féodaux, qui formeront le royaume. La Champagne est réunie à la couronne sous Philippe le Bel, en 1284; la Bourgogne et la Picardie, sous Louis XI en 1477; la Flandre, sous Louis XIV, en 1668, et la Franche-Comté, en 1678. Or, pendant toute la durée du moyen âge, en vertu du droit féodal, nos régions de l'Est, quoique considérées comme appartenant à l'Empire germanique, formé après Lothaire, furent cependant unies à la France par des liens intermittents, plus ou moins lâches et flottants, selon

lescirconstances. La plupart étaient allemandes par l'idiome,
et cela forcément, en raison des rapports inévitables entre
pays frontières, constamment visités par l'invasion.

Mais ces mêmes provinces étaient bien françaises par
les aspirations vers la commune patrie. De véritables îlots
welches s'étaient formés et on les retrouve aujourd'hui
encore, comme des enclaves françaises, dans les différents
cantons d'Alsace-Lorraine. L'évêché de Metz fut réuni à la
couronne en 1552, sous Henri II, c'est-à-dire un siècle
avant la Flandre et la Franche-Comté, et le pays de la
Sarre devint terre française à partir du traité d'Utrecht
en 1713. Pour l'Alsace, le traité de Westphalie en donna
en 1648 la partie haute à la France ; le Congrès de Ratis-
bonne (1684), l'évêché de Strasbourg ; et les campagnes de
Hoche (1793), les dernières parcelles de territoire non
encore réunies.

En janvier 1790, l'Assemblée constituante avait divisé
la France en départements, et créé à l'est ceux du Haut-Rhin
et du Bas-Rhin, de la Meurthe, de la Moselle, etc... Notre
frontière s'appuyait donc là au Rhin. Le traité de Campo-
Formio la prolongea jusqu'à Mayence ; celui de Lunéville
jusqu'à l'embouchure du fleuve. La France de 1802 avait
donc les limites de l'antique Gaule : elle allait des Alpes au
Rhin.

Napoléon ne sut pas ménager, conserver et consolider
cet empire : il disparut, laissant la France épuisée et amoin-
drie. Au traité de Vienne (1815), on ramena notre pays à ses
frontières d'avant 89 : l'Europe coalisée supprima les conquêtes de la Révolution et de Napoléon, mais, fait essentiel,
elle respecta celles de Louis XIV !

Alors pendant 50 ans, chose inouïe, ces régions de l'Est
respirèrent et jouirent des bienfaits de la paix. Elles purent
relever leurs ruines, non toutes, et s'associer étroitement,
comme les autres départements, aux destinées de la patrie.
Sans perdre absolument sa physionomie de population frontière l'élite de ces provinces devint un élément essentielle-
ment français. Les centres universitaires et les collèges se
multiplièrent. Chaque petite ville voulut avoir le sien.
Malheureusement à l'école, l'enseignement populaire se donnait souvent en allemand, et, à l'église, prêche ou sermon se

faisaient plus volontiers en langue allemande qu'en langue française. C'était une faute et qui se prolongea pendant toute la durée du second Empire. Le mal n'eût pas été grand si ces provinces avaient gardé dans le langage des vestiges de leurs longs rapports avec l'Allemagne (tels les Bretons qui ont gardé le celtique, et les Provençaux, la langue littéraire et chantante des troubadours) ; mais, en maintenant à l'allemand un rôle social en quelque sorte et un caractère officiel, on fournissait d'avance des arguments aux revendications fondées sur la communauté des idiomes.

III

Cependant, dès le xve siècle, se formait vers le Nord de l'Allemagne une royauté avec laquelle le monde devait compter. Partie de débuts modestes et austères, mais soutenue par des appétits formidables, la Prusse prit rang d'État au xviiie siècle, grâce au génie militaire de Frédéric II. Dès lors, elle ne cessa de s'élever, par le développement de ses forces militaires, jusqu'au jour où le diplomate qui prit pour devise : « La force prime le droit », Bismarck, réalisa l'hégémonie prussienne en Europe, au détriment de l'Autriche et de la France.

L'Autriche tomba à Sadowa, la France devait succomber à Sedan.

En 1870, le prince de Hohenzollern-Sigmaringen, neveu du roi de Prusse, était candidat au trône d'Espagne. M. de Bismarck était derrière cette diplomatique aventure. Napoléon III, obéissant au sentiment national, entrava ses espérances et celles de la cour de Berlin. Les relations diplomatiques entre la France et la Prusse se tendirent ; de part et d'autre on était chatouilleux sur l'honneur national, et le conflit prit vite un caractère aigu. Des deux côtés s'élevait le vent de la guerre. A Ems, où avaient lieu les conférences entre le roi Guillaume et M. Benedetti, notre ambassadeur, on ne se doutait pas cependant que le dénouement fût si proche. Le cabinet français devenait plus conciliant, et le prince Antoine avait affirmé à M. de Gramont, notre ministre des Affaires étrangères, que son fils renonçait au trône d'Espagne.

M. de Gramont n'attacha qu'une très médiocre impor tance à ce fait capital, à cette déclaration catégorique qui conjurait la guerre. Il voulait que le roi de Prusse témoignât, lui aussi, du désistement de son neveu, et s'y associât. Sans faire part à M. Benedetti, notre ambassadeur, de ce désistement et agissant en son nom propre, pour remporter, en apaisant seul le conflit, une plus brillante victoire, il télégraphie à notre ambassadeur « de constater que la renonciation du prince de Hohenzollern est annoncée, communiquée ou transmise par le roi de Prusse... ».

Pendant ce temps, à Paris, quand on apprit de la bouche de M. E. Ollivier que le prince de Hohenzollern renonçait à la succession d'Espagne, on railla le ministère et on parla de mystification. A la Chambre, M. Clément Duvernois rédigea la demande d'interpellation suivante : *Nous demandons à interpeller le cabinet sur les garanties qu'il a stipulées ou qu'il compte stipuler pour éviter le retour de complications avec la Prusse.* Cette interpellation fut défavorable au cabinet, où ne régnait d'ailleurs aucune harmonie. D'autre part, pour calmer l'opinion et sauver le ministère, M. de Gramont envoya à M. Benedetti, un nouveau télégramme plus pressant que le premier :

Il paraît nécessaire que le roi de Prusse s'associe à cette renonciation... Et les journaux, ceux de l'opposition notamment, humilièrent à plaisir la cour, en trouvant ridicule le dénouement de la crise.

Le 13 juillet, l'ambassadeur d'Espagne en personne, à son tour, annonce, dépêche en main, à M. E. Ollivier qu'il n'est plus question du prince de Hohenzollern pour le trône de son pays. M. Ollivier porte cette dépêche à M. de Gramont. M. de Gramont prétendit la montrer lui-même à l'empereur, et exposer les faits, le lendemain 14, au Corps législatif et au Sénat. Ces deux assemblées étaient très surexcitées : la rue était en effervescence.

M. de Gramont intervint pour la troisième fois auprès de notre ambassadeur à Ems. Son télégramme se croisa avec celui qu'à 7 heures du soir M. Benedetti avait lui-même expédié à M. de Gramont, et où il rappelait que, le

matin de ce jour, il avait télégraphié à son ministre que
« Sa Majesté le roi de Prusse donnait son approbation
entière et sans réserve au désistement du prince de Hohenzollern... ».

Cette dépêche fut communiquée à Napoléon III (14 juillet) qui, satisfait, dit au général Bourbaki :

— Eh bien, général, c'est la paix !

Il était dix heures du matin.

Deux heures après, on criait tout haut dans Paris que
M. Benedetti, notre ambassadeur, avait été insulté et que
la guerre était déclarée.

Que s'était-il passé?

La veille, 13 juillet, un télégramme expédié d'Ems à la
Gazette de Cologne relatait dans les termes suivants le
résultat des conversations entre le roi Guillaume et notre
ambassadeur.

« L'ambassadeur français a fait demander au roi Guil-
laume de l'autoriser à télégraphier à Paris que S. M. le roi
s'obligeait pour l'avenir à ne jamais donner son consentement
aux Hohenzollern, dans le cas où ceux-ci reviendraient sur
leur renonciation. S. M. le roi a refusé de recevoir de nouveau
l'ambassadeur, auquel il a fait savoir par l'aide de camp de
service qu'il n'avait plus rien à lui communiquer. »

Cette dépêche privée, qui démentait le « tout à la
paix » de notre ministre des Affaires étrangères et conte-
nait une allégation insultante à l'égard du roi de Prusse,
jeta le désarroi dans la cour des Tuileries. Un gouvernement avisé et fort l'aurait négligée. Elle était d'allure offi-
cieuse, sans fondement diplomatique. Les ministres français
y virent un *casus belli* et la guerre fut déclarée.

Qui était l'auteur de cette fameuse dépêche, de ce
soufflet provocant donné à notre ministère des Affaires
étrangères? M. de Bismarck.

Il en a revendiqué, dès le 20 juillet 1870, toute la responsabilité. Or, voici les circonstances dans lesquelles il
commit cette perfidie. Quand il apprit la ratification par le
roi Guillaume de la renonciation du prince de Hohenzollern
au trône d'Espagne, il était à table, avec M. de Roon et

M. de Moltke. Ici nous laissons la parole à l'éminent historien, M. E. Lavisse. « M. de Bismarck lut à ses convives une dépêche, où son souverain annonçait son adhésion au désistement de son neveu. Ceux-ci, comprenant que les choses menaçaient de s'arranger, laissèrent tomber couteau et fourchette... et reculèrent la chaise. « *Nous étions profondément abattus,* » a dit M. de Bismarck. En effet, la guerre de France était pour eux une vocation, une fin de carrière. Alors M. de Bismarck demanda aux deux généraux s'ils lui répondaient de la victoire, autant qu'on en peut répondre. Sur leur déclaration que l'*instrument* était prêt, il composa si bien la dépêche adressée à la *Gazette de Cologne* et qu'on a lue plus haut, qu'elle devint pour la France une provocation à déclarer la guerre. Puis tous les trois continuèrent à manger du meilleur appétit. »

Ces faits se passent de commentaires : ils appartiennent au jugement de l'histoire. La France a déclaré la guerre, mais, en dépit des clameurs des énergumènes, la nation ne la voulait pas. Il est des fatalités qui perdent les peuples comme les individus, surtout si la destinée mauvaise est due moins à son entraînement irréfléchi qu'au machiavélisme de ses adversaires.

La lutte fut épique, funèbre et glorieuse. La France n'a pas à rougir de ses désastres; l'ennemi lui-même s'est parfois incliné devant ses malheurs. L'armée de Metz aurait pu déposer son chef indigne, elle a préféré pousser jusqu'à l'héroïsme l'esprit d'abnégation, afin de conserver l'esprit de discipline, sans lequel il n'y a pas d'armées. Paris enserré dans un cercle de fer a résisté, avant de se rendre, aux pires horreurs d'un siège. Sur la Loire, enfin, levée à la voix d'un patriote ardent et sincère, une poignée de héros essayaient de sauver, dans la neige et le sang, l'honneur du drapeau et couvraient d'un rayon de gloire le suprême effort de la patrie.

Mais étudions plus particulièrement quelle fut à cette époque de malheurs et de revers la destinée de l'Alsace-Lorraine.

Pendant toute la durée de la guerre, elle eut une existence douloureuse et poignante comme un drame. Elle fut le terrain des premières hostilités et le théâtre de sanglants combats. Au lieu d'envahir l'Allemagne et de jeter le désordre dans sa mobilisation, Napoléon III tergiversa. S'il eût voulu, il avait l'offensive et d'aucuns disent : la victoire. Ses lenteurs nous furent fatales. Après l'insignifiante affaire de Sarrebruck, comme on l'a appelée, les Allemands coalisés envahissent l'Alsace. Le corps du général Abel Douay, malgré une admirable résistance, fut repoussé à Wissembourg. A Wœrth et à Freschwiller, l'armée du maréchal de Mac-Mahon dut céder devant le nombre, après une lutte acharnée (43,000 hommes contre 180,000) qu'immortalisa la charge des cuirassiers. L'armée défaite se replia, et sa retraite fut protégée par les résistances des places de Bitche, de Petite-Pierre et de Phalsbourg. Et pendant que trois armées prussiennes s'avançaient en ligne de bataille à peu près parallèle à la frontière et perpendiculaire à la Moselle, nos soldats battaient en retraite sur Strasbourg, Bitche ou Saverne, et beaucoup vécurent cachés dans les champs et les bois, où les populations d'Alsace leur portèrent pendant trois semaines des vêtements et des vivres. Dans la nuit du 14 au 15 août, le général allemand de Werder investit Strasbourg. Le siège fut barbare et terrible pour la ville bombardée. Strasbourg n'était pas en état de tenir longtemps contre le feu de l'ennemi et, le 28 septembre, le général commandant Uhrich fit hisser le drapeau blanc sur la cathédrale.

Pendant ce temps, en Lorraine, autour de Metz, le maréchal Bazaine, nommé commandant en chef de l'armée du Rhin, livra à l'ennemi de sanglants combats, Borny d'abord, puis Rezonville, terrible journée, après laquelle vainqueur il se replia sur Metz, à la stupéfaction de l'armée; enfin Saint-Privat-la-Montagne, où l'inaction du commandant en chef rendit encore inutiles la valeur et le sacrifice des généraux et des soldats. L'armée vaincue fut rejetée sous les canons de Metz, et la lutte se continua mais sans énergie et sans confiance. Le désastre de Sedan abattit encore les courages. Le maréchal Bazaine en apprit la nouvelle, pendant que les Prussiens bombardaient son camp ; il prépara dès lors une capitulation sans exemple dans les annales de la guerre depuis celle de Dupont à Baylen et que l'histoire a flétrie du nom de trahison. Il livra le 28 octobre au prince Frédéric-Charles, avec ses soldats et ses canons, le dernier espoir de la France.

Et pendant que se déroulaient les traits de cette douloureuse et fatale guerre, les patriotiques populations de l'Alsace et de la Lorraine attendaient néanmoins le retour de la victoire avec une confiance superstitieuse. Pendant les premières semaines d'août, elles assistèrent consternées au défilé des troupes allemandes, et plus d'un se rappelle l'arrivée des premiers uhlans et des Bavarois aux casques de cuir, troués par les balles françaises ; plus d'un se souvient du bruit des canons et des fourgons qui, pendant vingt jours et vingt nuits, roulèrent vers Metz et la Champagne. Dans la plus humble maison était installé un poste de landwehr, et qu'il fallait nourrir, comme si l'armée envahissante n'avait pas tout réquisitionné sur son passage. Celui qui a vécu pendant ces mois de poignante détresse, sans nouvelles des siens partis pour l'armée, sans ressources contre la maladie et la faim, humilié par le vainqueur, assis au foyer de famille et commentant les désastres de la patrie, celui-là a connu les émotions les plus terribles de la vie.

Tout le monde connaît la fin du drame. Quand, du Rhin à la Loire, la France ne fut plus qu'un champ de ruines et qu'un immense ossuaire, le traité de Francfort fut signé (19 mai 1871). Outre les morts et les blessés, la guerre coûtait à la France une rançon de cinq milliards et nos deux malheureuses provinces.

IV

Dès la première heure on eut le sentiment que l'annexion de l'Alsace-Lorraine équivaut à la confiscation d'un des droits les plus sacrés, le droit à la patrie librement aimée et servie. Qu'est-ce qu'une nation, une patrie ? C'est une réunion d'hommes, qui ont pour lien la communauté de race, de lois, de langue, d'histoire, mais qui surtout se sentent unis les uns aux autres par les mêmes admirations, les mêmes haines et les mêmes sympathies. Or, en 1871, un million et demi d'hommes changèrent en quelques heures de nationalité sans qu'on les eût consultés et sans qu'ils y eussent consenti ; bien plus, sans qu'on tînt un instant compte qu'ils étaient nés Français, qu'ils appartenaient à la France par des liens séculaires, aussi sacrés qu'indissolubles.

Aussi y eut-il dans ces provinces une explosion d'indignation et d'effroi. Strasbourg, bombardé de plus de 200,000 obus, et Metz, livré par trahison, furent comme frappés de stupeur ; les moindres villes firent entendre des réclamations indignées. Des protestations désespérées se produisirent, et tout d'abord à l'Assemblée nationale de Bordeaux. Les députés du Bas-Rhin, du Haut-Rhin, de la Meurthe, de la Moselle et des Vosges, Gambetta, Humbert, Kuss, Kablé, Ed. Teutsch, Kœchlin, Brice, Noblot, Keller, Scheurer-Kestner qui depuis... etc., etc., présentèrent et signèrent une déclaration, le 16 février 1871.

En voici les trois articles :

I. L'Alsace et la Lorraine ne veulent pas être aliénées.

II. La France ne peut consentir ni signer la cession de la Lorraine et de l'Alsace.

III. L'Europe ne peut permettre ni ratifier l'abandon de l'Alsace et de la Lorraine.

Chacun de ces paragraphes était accompagné de considérants fondés sur le patriotisme, la justice, l'humanité, le droit. Mais la France écrasée avait été réduite à signer, et l'Europe assista muette à la mutilation de la France.

Cet acte devait avoir cependant sa répercussion dans la vie de tous les peuples, et l'avenir n'a que trop justifié le mot prononcé alors par Victor Hugo : « *Et maintenant, la grande insomnie du monde commence.* »

En Alsace-Lorraine, le sentiment populaire fut unanime, et la résistance à l'annexion s'affirma avec une énergie désespérée. L'Allemagne y répondit par de vigoureuses mesures de police, le renforcement de toutes les garnisons, la proclamation d'une sorte d'état de siège et par la dictature. Elle sentait qu'elle avait pris l'Alsace-Lorraine, au mépris du droit des gens, à la suite d'un coup de force et comme rançon de guerre. Ses philologues et ses hommes d'État eurent beau affirmer qu'on reprenait des terres allemandes et qu'on avait réuni à l'empire des frères longtemps séparés de lui. Leurs arguments historiques n'imposèrent à personne. Les provinces d'Alsace et de Lorraine ont fait partie du Saint-Empire romain, ainsi appelé, disait Voltaire, parce qu'il n'est ni saint, ni romain. Soit. Mais qu'était-ce que l'Empire et plus tard la confédération germanique? Une dénomination, qui servait à grouper une foule d'abbayes, de principautés, d'évêchés, de républiques et de royaumes sans cohésion. C'était plutôt un édifice politique aux innombrables fêlures et que la première secousse devait jeter par terre. Mais est-ce qu'un pareil agrégat constitue une nation, une patrie? Est-ce qu'il y avait une Allemagne au xviie siècle? Est-ce qu'on peut compter comme Allemands à l'époque de Louis XIV, les Alsaciens, citadins et paysans, qui accompagnèrent le cercueil de Turenne, et qui firent des lieues et des lieues pour venir témoigner de leur admiration et de leur douleur? Est-ce que Mulhouse, ville libre, ne formait pas une république, rattachée à la Suisse? D'ailleurs, l'Alsace, pour terre d'empire qu'elle était, restait indépendante et nul ne la forçait de prendre part à la guerre. On peut juger, par la conduite de Strasbourg, de l'esprit fier et autonome de ce pays. Charles-Quint, empereur d'Allemagne, ne put jamais entrer dans la ville sans négocier avec elle, et c'est Strasbourg qui déterminait la durée de son séjour et l'importance de son escorte. Strasbourg était à ce point d'âme française, que cette cité gardienne du pont de Kehl n'en livrait le passage qu'à nos troupes. Une fois, au mépris de la tradition et des traités, elle livra le pont aux Allemands, et Louis XIV profita de l'incident pour réunir Strasbourg à la couronne. Un siècle après éclatait la Révolution. Si le pays eût été germain de cœur et d'origine, quelle occasion ne s'offrait point à lui de revenir à la patrie allemande? Les alliés de Coblentz, comme il les aurait appelés et accueillis à bras ouverts! Or, nul n'a bougé. Bien plus, l'Asace a tressailli comme toute la France à la voix de la liberté, et c'est Strasbourg qui, un matin, s'est éveillé tout frémissant aux strophes de la *Marseillaise*. « *Nous faisons la guerre à Louis XIV* » fut-il répondu à M. Thiers, quand, après Sedan, la République demanda la paix. Louis XIV avait si peu lésé les intérêts des vainqueurs de 1870 en réunissant Strasbourg à sa couronne, que le grand Électeur de Prusse concluait avec lui un traité particulier.

Enfin, pour montrer une fois pour toutes la valeur de l'argument fondé sur l'identité des langues, nous nous bornerons à demander, si, avant la guerre, à Metz, on parlait allemand.

On a aussi maintes fois assimilé l'annexion de l'Alsace-Lorraine à celle de Nice et de la Savoie. Quelle méconnaissance des faits et de l'histoire! Nice et la Savoie furent cédées à la France en juillet 1858 en retour de l'extension des Etats sardes dans la vallée du Pô et surtout de l'appui que la France donna au roi de Piémont pour soustraire l'Italie à la domination autrichienne[1].

Mais la France ne voulut tenir ces pays que du libre consentement des habitants. Après le traité de Turin, (mars 1860), le plébiscite eut lieu, le 15 avril 1860, à Nice, et le 22 avril, en Savoie. Nice demanda la réunion à la France par 25,743 voix contre 160, et la Savoie par 131,744 contre 233. Les officiers et les soldats, qui servaient dans l'armée italienne se rallièrent, au nombre de 7,000 contre 476 protestataires. Les abstentions ayant été insignifiantes, ce vote peut-être considéré comme libre, réfléchi et sincère.

Rien de semblable ne se passa en Alsace-Lorraine.

On la proclama terre de l'Empire (Bismarck pensait que les Alsaciens-Lorrains deviendraient plus facilement Allemands que Prussiens) et on la soumit aussitôt à un régime d'exception qui ne s'est guère modifié depuis.

Le 14 août 1870, le roi de Prusse, agissant comme commandant supérieur des forces allemandes, plaça l'Alsace sous l'autorité d'un général gouverneur, le comte Bismarck-Bohler, ainsi que plusieurs arrondissements de la Lorraine. Du 2 mai 1871, après la ratification des préliminaires de la paix et la cession des territoires, l'état de choses subsista jusqu'au mois de septembre où l'administration fut confiée au président von Moeller. Depuis le 1er octobre 1879, l'Alsace-Lorraine relève directement du chancelier de l'Empire. Ce dernier y est représenté par un gouverneur

---

1. On peut aujourd'hui philosopher avec quelque amertume sur cette intervention de la France.

général, le *statthalter*, résidant à Strasbourg [1]. Il est assisté d'un chef de la police omnipotent et de directeurs d'arrondissements (Kreisdirectoren) au nombre de 22. Ajoutons que l'Alsace-Lorraine a obtenu (17 juin 1875) une sorte de conseil général (Landes-Ausschuss) présidé par le statthalter, mais choisi par la population indigène et qui a voix consultative, ou à peu près, dans l'examen et la discussion de certaines questions administratives et financières, intéressant les deux provinces.

Au point de vue militaire, l'Alsace-Lorraine est commandée par le général commandant le 15e corps d'armée. Elle est fortement occupée par des troupes de toutes armes, tirées de toutes les parties de l'Allemagne, Bavière, Saxe, Wurtemberg, duché de Bade, Brunswick, etc... Toute localité de quelque importance et placée sur un chemin de fer se trouve occupée par un ou plusieurs régiments.

L'administration judiciaire a son siège supérieur à Colmar et ses tribunaux régionaux à Strasbourg, Saverne, Colmar, Mulhouse, Metz et Sarreguemines. En attendant que l'Allemagne ait terminé son fameux code civil (voilà quelque vingt ans qu'on le prépare), l'Alsace-Lorraine a gardé la législation française en matière de droit privé.

V

Grâce à cette puissante organisation administrative, au déploiement des forces militaires, aux mesures d'exception prises à l'intérieur et aux frontières, l'Allemagne éleva une barrière entre les provinces annexées et la France. Toutefois elle ne réussit à arrêter ni l'exode en masse de la population, ni les options. Elle prit d'autres mesures. Successivement, elle interdit la langue française dans les actes officiels et civils, elle la poursuivit même sur les enseignes des boutiques et sur les tombes des cimetières ; elle institua les maires de carrière, mit en vigueur le régime tracassier des passeports, organisa l'espionnage et

1. Le premier fut le maréchal de Manteuffel (1879-85) ; le second, le prince de Hohenlohe (1885-).

infligea peines et amendes aux conscrits réfractaires ; mais, de l'aveu même de beaucoup d'Allemands, ces mesures ne produisirent que la résignation et la contrainte. L'Allemagne avait pris le sol, elle n'eut pas les cœurs.

Cependant, à partir du 1er janvier 1874, l'Alsace-Lorraine obtint une représentation à la Chambre des députés, au *Reichstag*. Elle élut des hommes hostiles à la cession : les quinze députés nommés furent tous des protestataires. Sans perdre de temps, ces députés se réunirent et rédigèrent une proposition, qui devait être soumise au Reichstag afin de lever toute équivoque et de faire connaître au monde la vérité sur la situation et les vrais sentiments de l'Alsace-Lorraine.

Le 18 février, les députés firent leur première apparition au Parlement allemand. La salle était comble, M. de Bismarck assistait à la séance. Alors, au nom de ses collègues, M. Teutch, député de Saverne, exposa sa proposition en allemand, la langue française lui ayant été interdite après discussion préalable. Voici les principaux passages de ce document historique.

« Messieurs,

« .... Au nom des Alsaciens-Lorrains, vendus par le traité de Francfort, nous protestons contre l'abus de la force dont notre pays est victime. Si dans des temps éloignés et relativement barbares, le droit de conquête a pu quelquefois se transformer en droit effectif, rien de pareil ne peut être opposé à l'Alsace-Lorraine. C'est à la fin du xixe siècle, d'un siècle de lumière et de progrès, que l'Allemagne nous conquiert, et le peuple qu'elle réduit en esclavage — car l'annexion faite sans notre consentement constitue pour nous un véritable esclavage moral — ce peuple est un des meilleurs de l'Europe, celui qui porte le plus haut peut-être le sentiment du droit et de la justice.

« Arguerez-vous de la régularité du traité, qui consacre la cession, en votre faveur, de notre territoire et de ses habitants ? Mais la raison, non moins que les principes les plus vulgaires du droit, proclame qu'un semblable traité ne peut être valable. Des citoyens ayant une âme et une intelligence ne sont pas une marchandise dont on puisse faire commerce, et il n'est pas permis d'en faire l'objet d'un contrat… Nous ne trouvons rien, dans les enseignements de la morale et de la justice, qui puisse faire pardonner notre annexion à votre empire ; notre raison se trouve en cela d'accord avec notre cœur.

« Deux siècles de vie et de pensée en commun créent, entre les membres d'une même famille, un lien sacré, qu'aucun argument et moins encore la violence ne sauraient détruire.

.   .   .   .

« Pour consommer cette annexion, l'Allemagne s'est appuyée sur des paroles que nous vous demandons la permission de rappeler en peu de mots :

« 1° Elle nous a, par une amère dérision, revendiqués comme étant des membres de sa famille, comme étant ses frères. Or vous savez, à n'en pas douter, que tout lien de famille entre vous et nous est rompu. Nous prisons, plus que personne, le principe de la fraternité des peuples : mais il nous sera impossible de voir en vous des frères, tant que vous refuserez de nous rendre à la France, à notre véritable famille ;

« 2° L'Allemagne, pour nous annexer à son Empire, a invoqué les usages de la guerre. C'est un usage barbare, indigne d'une civilisation comme la nôtre ;

« 3° Enfin l'Allemagne a invoqué les besoins de sa défense contre une agression française. Elle eût pu atteindre ce but en imposant au vaincu le démantèlement des places fortes de l'Alsace-Lorraine.

.   .   .   .

« Vous êtes forts aujourd'hui et vous pourrez nous donner satisfaction, sans aucun sacrifice d'amour-propre.

« Rendez-nous, ainsi que nous vous le demandons, la libre disposition de nous-mêmes ! »

Quand M. Teutsch eut regagné sa place au milieu des rires ironiques et insultants des vainqueurs, le président déclara la discussion ouverte. Mais trois députés allemands ayant demandé la clôture immédiate, M. Teutsch fut invité à compléter seul sa proposition et à l'expliquer. L'orateur alsacien se contenta de répondre :

« Il a plu à l'assemblée de clore la discussion. Nous nous en rapportons à Dieu et au jugement de l'Europe! »

Sur ces mots, et avant le vote de rejet, les députés alsaciens quittèrent la salle.

VI

En réponse à ces sentiments protestataires, inquiète d'ailleurs du rapide relèvement de la France, l'Allemagne conclut la triple alliance. Guillaume Ier était mort, Frédéric Ier, son successeur, disparut rapidement, sans rien changer à la carte de l'Europe, et laissa le trône à l'empereur actuel, Guillaume II, héritier de la politique et des conquêtes de ses ancêtres.

Dans l'intervalle cependant, bien des choses ont changé en Alsace-Lorraine. Les immigrés d'outre-Rhin sont devenus de plus en plus nombreux, les résignés et les ralliés ne se comptent plus par exceptions; enfin une génération nouvelle, née depuis la guerre et élevée sous le régime de la germanisation, a remplacé l'ancienne, qui était née française et avait subi les horreurs de la guerre.

L'heure du plébiscite n'est cependant pas venue.

On ne consulte toujours pas les annexés sur leurs sentiments.

L'épreuve ne serait donc pas encore favorable à l'Allemagne? On en peut juger par ce qui suit.

Le voyageur qui visite aujourd'hui l'Alsace-Lorraine, jugeât-il des choses en superficie, s'aperçoit qu'il ne se trouve pas dans un pays semblable aux autres. Sans doute ou y laboure, on y sème, on y récolte; les cheminées des usines fument, le commerce est actif, le bien-être apparent. Villes et villages présentent, en général, les caractères extérieurs de la richesse et de la vie. Partout des chemins de fer, des canaux, des routes; partout de la circulation, des échanges, de l'industrie. Mais qu'on y regarde de plus près, ce réseau de voies ferrées est issu d'un plan stratégique, et dès aujourd'hui il transporte moins de paysans que de soldats; ces immenses hangars aux abords des villes ne sont pas les docks de l'industrie, mais des greniers où dorment les approvisionnements de guerre ; ici un tertre ensemencé cache un fort ; là, une gare, véritable citadelle, protège un quai de mobilisation, en face de constructions bourgeoises, qui sont des casernes. L'Alsace-Lorraine est un camp retranché. Dans les villes, où cheminent sans cesse des gendarmes roux, des quartiers entiers ne vivent que par le passage des soldats. Metz, sans la garnison, serait une agglomération de quartiers morts. Dans les campagnes, où flotte la légendaire odeur du bivouac allemand, le trafic est dérisoire et la culture médiocre. Bien des terres restent sans culture, les fermiers se font rares et le sol est à bas prix ; enfin, les belles forêts d'Alsace et de Lorraine sont vides de leurs beaux chênes. Pendant quinze ans, les Allemands les ont abattus et expédiés vers leurs forteresses d'outre-Rhin.

Interrogez maintenant les habitants. Sauf les ralliés devenus fonctionnaires, et encore! la plupart d'entre eux concilient les nécessités de leur situation avec le souci de leur dignité personnelle. Ils vivent avec les Allemands, mais en dépit de l'espionnage et de la délation, ils gardent dans ce for intérieur, où le vainqueur n'entre pas, tous leurs souvenirs et toutes leurs espérances. De jeunes conscrits désertent, des irréductibles se font condamner à la prison pour avoir chanté la *Marseillaise*; tous les ans, aux fêtes de Nancy, à nos grandes revues militaires de l'Est, aux anniversaires de Rezonville et de Belfort, on voit par milliers les patriotiques pèlerins d'Alsace et de Lorraine, et partout enfin, partout, sous des apparences courtoises, sous des dehors résignés ou polis se conserve l'irréconciliable aversion pour le Prussien. L'histoire anecdotique de l'Alsace-Lorraine depuis 25 ans abonde en faits qui prouvent le merveilleux attachement de ce pays à la France et à la langue française. Et puisque l'on soulève si souvent cette question de l'idiome et de l'accent, voici un trait qui montre plus que les belles phrases si le Français est oublié là-bas. En septembre 1895, à l'occasion de l'Exposition, un jeune Français, parlant couramment la langue allemande, était allé visiter Strasbourg. Un jour, il lui prit fantaisie d'aller voir en face de Kehl le beau paysage de la

Rheinlust, que nous pourrions si bien appeler Rheinweh. Place de Metz, il attendit le tramway. Comme le train tardait à partir, il s'approcha d'un balayeur, occupé à chasser la poussière des rails, près de la locomotive, et lui demanda l'heure du départ avec le plus pur accent allemand. Le balayeur se redresse, regarde et dans le plus pur français : « Vous partez dans douze minutes, monsieur! »

Mais élevons-nous plus haut et cherchons l'âme de ce peuple dans le langage tenu au Reichstag par les députés des deux provinces. A quelque religion et à quelque nuance d'opinion qu'ils appartiennent, ces députés demeurent fidèles à la cause protestataire. Non qu'ils usent de violence ou fassent surgir des conflits. L'Alsacien-Lorrain est réfléchi, il sait d'ailleurs que la rébellion ne servirait à rien. Extérieurement, il a parfois toutes les apparences de la résignation. Quand Guillaume II vient à Strasbourg ou dans son château d'Urville, près Metz, on allume des feux, on pavoise et on lève son chapeau. Le gendarme n'est-il pas là qui guette la haute trahison? Et puis, après tout, il faut vivre. Mais cette docilité est pour les Allemands exaspérante : ils savent ce qu'elle couvre, la résignation des annexés est la leçon des vainqueurs.

Au reste, si l'Allemagne pouvait conserver quelques doutes sur les véritables sentiments du pays, M. J. Preiss, député de Colmar, les a levés dans le discours qu'il prononça le 13 juin 1896 à la tribune du Reichstag.

Après avoir réclamé pour l'Alsace-Lorraine une presse libre, il prie qu'on cesse de poser à ses concitoyens ces questions auxquelles « ils ne peuvent répondre en ce moment sans manquer à leur conscience et sans nuire à leurs intérêts matériels. On nous demande souvent, dit-il : « Comment envisagez-vous le traité de Francfort? » Si l'on n'a pas eu besoin de demander en 1871 à la population alsacienne-lorraine, si elle était d'accord avec ce traité et avec l'annexion, qu'on s'en passe aujourd'hui. On dit souvent de nous : « C'est un protestataire »... Messieurs, tout le peuple alsacien lorrain est protestataire. En 1871, il a protesté par la voix de ses représentants... Cette protestation n'a pas été écartée depuis, ni de droit, ni de fait. Je crois que sur ce point tout homme civilisé sera d'accord avec moi. Le droit des peuples de disposer eux-mêmes de leurs destinées est un droit naturel.

« Notre population se place sur le terrain du droit. Elle a dû satisfaire au service militaire dès le premier jour de l'annexion; elle paie ses contributions, remplit ses devoirs de citoyen. Mais l'Alsacien-Lorrain n'a de compte à rendre à personne, si ce n'est à lui-même, pour les choses qui sont du ressort de son cœur et de sa conscience.

« Depuis plusieurs années, notre population indigène mène une existence publique et morale misérable... La peur l'empoisonne. Cette tranquillité de cimetière, qui plane sur le pays et qui est produite artificiellement par la force, fait naître, il est vrai, l'illusion que l'Alsace-Lorraine est satisfaite de son sort, mais ce n'est qu'une apparence.

« Dans les feuilles officieuses et officielles, on se plaint que ce soit justement la jeune génération qui fait le plus d'opposition. Oui, messieurs, c'est nous, la jeune génération qui, depuis 1870, a grandi à l'ombre des lois d'exception... C'est que pour arriver à nous conquérir moralement, il nous faudrait une certaine chose, que le gouvernement français possédait à un haut degré, mais dont nous n'avons plus rien senti chez nous depuis 1871... Vous avez tout, vous avez la force, vous avez la langue, mais il y a une chose que vous n'avez pas : c'est la générosité ! »

Ce noble et courageux langage est l'exacte expression des sentiments de l'Alsace-Lorraine. Par sa franchise il dissipe toute équivoque, mais par sa mâle tristesse il serre le cœur.

VII

Quels intérêts a donc l'Allemagne à détenir ce bon et malheureux pays ?

Des intérêts de toute nature, mais avant tout un intérêt militaire. M. de Bismarck a prétendu que la possession de l'Alsace-Lorraine constituait un glacis normal et nécessaire à la sécurité de l'Allemagne. Le grand homme a voulu une fois de plus nous en faire accroire. Le glacis de l'Allemagne, c'est Mayence. Metz et Strasbourg, citadelles allemandes, sont deux monstrueux ouvrages de guerre, qui, à toute heure du jour et de la nuit, menacent l'existence de la France. De Pont-à-Mousson à Lunéville, la frontière est ouverte, c'est une ligne de poteaux. Suivant la forte expression de M. Lavisse : « *Nous sentons sur notre nuque le souffle de l'ennemi...* »

Quel cauchemar pour nos départements de l'Est, et comme tous les arguments historiques, émis pour expliquer la conquête, s'évanouissent devant cette vision des canons de Metz et de Strasbourg, braqués sur la France! Sans doute la vue de nos pièces de campagne et de nos mitrailleuses rangées en hémicycle dans l'arsenal de Berlin et celle de nos pauvres drapeaux, pendus aux voûtes de la Garnison Kirche de Potsdam, ces drapeaux de l'Alma, de Constantine, de Magenta, brûlés, troués, noircis, trophées lamentables de la capitulation de Metz, cette vue remplit l'Allemagne militaire d'un orgueil immense. Mais qu'est-ce cela au prix de la possession du sol de l'Alsace-Lorraine et de l'insécurité qui en résulte pour la France? On parle de fortifier Nancy. Serait-ce suffisant? A l'heure qu'il est, en tout cas, le seul rempart de la France, ce sont d'innombrables rangées de canons et de poitrines humaines. Et la conclusion dernière, c'est que l'Alsace-Lorraine est aussi nécessaire à la France que la France à l'Alsace-Lorraine.

Mais les conséquences de l'annexion pèsent aussi lourdement sur l'Allemagne et sur tous les pays d'Europe. Elles se résument d'un mot : *la paix armée!* c'est-à-dire tous les peuples sur le qui-vive et prêts à se ruer les uns sur les autres. L'Allemagne a dû faire des provinces annexées une zone de forteresses. Parallèlement à ses frontières, se dressent des places formidables sur plusieurs lignes de défense. Sa capitale a plusieurs ceintures d'ouvrages stratégiques et de corps d'armée. De plus, elle a créé une flotte, et s'est élevée au rang de puissance navale. Pour faire face aux monstrueuses dépenses rendues nécessaires par ces déploiements de forces, elle a pris sur les cinq milliards ce qu'elle n'a pas mis en réserve et gardé comme trésor de guerre. Or, la paix armée, c'est la ruine des peuples. Qu'on ajoute à cela les transformations périodiques de l'armement, de la poudre et du matériel; la réfection des ouvrages fortifiés liée aux progrès de la balistique moderne, les tentatives onéreuses faites dans le domaine de l'aérostation; enfin, la solde des officiers et des soldats, et l'on pourra supputer, d'une manière générale, les millions et les millions engloutis chaque année dans les œuvres de la guerre. Si encore on pouvait prévoir un terme à ces dépenses! Mais que demain une invention nouvelle bouleverse l'état de choses actuel et que le rêve d'une panclastite universelle se transforme en réalité, que deviendra l'Allemagne et le monde? Les hommes peuvent assigner à leur activité une fin plus noble que celle de s'entre-détruire, et avec les impôts dont on les accable, ils pourraient servir plus utilement la cause de l'humanité.

Depuis la Révolution française, il est entré dans les mœurs plus de bonté, de noblesse et de douceur; l'idée de la patrie éveille aujourd'hui dans les esprits des notions incompatibles avec le barbare esprit de conquête.

Pourquoi les forces du génie humain seraient-elles tendues éternellement à réaliser un engin de destruction universelle et favoriser l'ambition des grands capitaines? On se plaint souvent de la décadence de l'art pendant les 30 dernières années de ce siècle. Serait-ce que les plus intelligents et les meilleurs sont voués aux occupations de la guerre? On constate aussi dans certains pays une diminution de la natalité. Serait-ce que les mères sont lasses d'enfanter pour la mort? Mais si l'art et la science ont moins de fervents et d'apôtres qu'on ne voudrait, à qui en incombe la responsabilité? A ceux qui détiennent, contre sa volonté fermement exprimée, l'Alsace-Lorraine.

L'Alsace-Lorraine rendue à ses destinées naturelles, c'est la conscience humaine affranchie, le désarmement imposé, c'est la paix rendue au monde.

VIII

Comment se fait-il que des philosophes et des savants d'Allemagne n'aient pas adhéré à cette solution et qu'ils

n'en aient pas jusqu'ici hâté la réalisation? Par amour-
propre et par instinct national. Leur conception de la
patrie allemande s'accommode des théories barbares et
surannées. Ils s'inclinent devant les coups de la force et
tiennent pour les faits accomplis.

Plusieurs même témoignent aux Français une amitié
trompeuse. A les entendre ils les aiment, ils les adorent.
Eux, nous en vouloir? mais nous n'avons pas au monde
de plus grands admirateurs, ni de plus sympathiques
ennemis! Et puis pourquoi haïr toujours?... — Entre
deux chopes et à la fumée d'un gros cigare ces déclara-
tions faites sur un ton de bonhomie sentimentale prennent
un caractère séduisant. Il en est qu'elles ont conquis. Le
malheur, c'est qu'elles manquent de sincérité et ne sont
jamais suivies d'effet.

L'Allemagne, celle qui se réclame de Fichte et de
Hegel, est cousine germaine de celle qui suit la politique
des Moltke et des Bismarck. Elle marche de pair avec l'Allemagne bottée et casquée, qui a conclu la Triple Alliance
et qui répond aux congressistes de la paix par les chants
aigus des fifres et le grondement des canons.

Plusieurs fois cependant, inquiets de ce malaise qui
se prolonge en Europe, des diplomates, des philosophes, des
journalistes ont fait des enquêtes sur la question d'Alsace-
Lorraine et préparé un terrain d'entente : ils ont échoué.
L'Allemagne ne veut rien céder et sans ses deux provinces,
la France ne peut vivre. La première fois qu'on a consulté
l'opinion allemande à ce sujet, une voix partie de très
haut aurait dit : « Et s'il en coûte les os du dernier grenadier poméranien, nous ne rendrons pas un pouce de la
terre conquise. » La phrase a été démentie ; il se peut
qu'elle n'ait jamais été prononcée. Mais si elle n'a pas été
sur les lèvres, elle est dans les cœurs. Et on en retrouve
l'esprit dans le propos suivant. Quand on a proposé à
l'Allemagne, en échange de l'Alsace-Lorraine, une de nos
colonies, Madagascar ou le Tonkin, il nous fut répondu :
« La plus belle colonie ne vaut les os d'un grenadier
poméranien. »

Pourtant cette solution diplomatique eût honorablement
mis un terme à la crise, dont nul ne prévoit le dénoue-

ment. Faut-il désespérer de tout arrangement pacifique et attendre, l'arme au pied, le jour où quelque incident de frontière jettera l'un sur l'autre, dans une mêlée effroyable, deux peuples qui sortiront de la lutte, vainqueur et vaincu, abîmés et ruinés pour plus d'un siècle ? La guerre de 1870 a été terrible, mais la guerre future...

Citons à tout hasard, et à titre de document, un article paru récemment (1897) dans le *Preussiche Jahrbücher* et signé *Vir Pacificus*. Il a trait à la rétrocession de Metz. En voici le passage sensationnel :

« La position occupée par les Allemands à Metz est une telle menace pour la France, que les Français ne peuvent renoncer à une revanche qui leur rendrait cette ville ; Metz, d'ailleurs, faisait autrefois partie du pays de langue française et une grande nation ne peut pardonner un rapt commis sur des populations qui parlent son langage. Cette nation ne peut qu'attendre le moment favorable pour reconquérir ce qui lui a été ravi...

« Si nous voulons que la France et l'Allemagne entretiennent à nouveau des relations amicales, il faut d'abord que nous retirions cette épine de la chair de la France. »

L'aveu est bon à retenir. Si ce qu'il dit de Metz il l'avait dit également de Strasbourg, *Vir Pacificus* aurait été un logicien parfait et un homme juste.

Toutefois son article prouve que l'acheminement se fait vers une étude plus équitable de la question.

Les recrues du Brandebourg commencent à ignorer le nom de Bismarck. Vingt-six hommes, dit-on, d'une compagnie avouèrent cet automne à leur capitaine avoir entendu le nom du grand homme pour la première fois.

Bismarck une fois disparu, son œuvre périra, comme toute œuvre fondée uniquement sur la force et la déloyauté.

Ce n'est pas qu'en France on ne consulte également à ce sujet l'opinion. C'est un exercice facile. Il n'y faut qu'un peu de confiance et trois colonnes d'un journal : la confiance pour la demande, le journal pour les réponses. Voici le récent formulaire répandu dans la presse par lequel on prétendait tâter le pouls à l'opinion publique sur la question d'Alsace–Lorraine :

1º Un apaisement s'est-il fait dans nos esprits au sujet du traité de Francfort ?

2º Pense-t-on moins à l'Alsace-Lorraine, quoique, prenant à rebours le conseil de Gambetta, on en parle toujours autant ?

3º Prévoit-on un moment où l'on ne considérerait plus la guerre de 1870 que comme un événement purement historique ?

4º Si une guerre venait à surgir entre les deux nations, trouverait-elle aujourd'hui, en France, un accueil favorable ?

Nous vous serions reconnaissants de vouloir bien nous donner, en quelques lignes, sur ces questions :

1º Votre opinion personnelle ;

2º Selon vous, l'opinion de la jeunesse ;

3º Selon vous, l'opinion moyenne du pays.

Beaucoup ne répondent pas, sachant, ainsi que le disait un député au Reichstag, que le Français qui affirmerait en Allemagne qu'il n'a pas au fond du cœur l'idée de la revanche serait regardé comme un homme sans honneur et sans courage. Le peuple allemand nourrit à notre égard une haine héréditaire, qu'il sait à l'occasion adoucir ou dissimuler, mais il sait qu'une nation ne peut faire un sacrifice, qu'on ne demande à aucun homme le sacrifice de son honneur.

Et ceux qui dédaignent de répondre à ces questionnaires sauvegardent leur dignité personnelle et montrent la valeur de ce plébiscite inutile.

D'autres écrivent leurs impressions et, à lire leurs réponses, on se sent, comme dit M. F. Coppée, envahi d'une profonde tristesse. Ces rêves d'une impossible humanité et d'une illusoire fraternité hantent donc encore les jeunes hommes ? Nous n'avons donc pas fini de bâtir Utopie ? Oh ! comme l'on comprend l'accent indigné de ceux qui, à la lecture de certains documents, s'écrient comme M. Edm. Lepelletier : « Eh bien ! nous avons fait un joli chemin depuis l'entrée peu triomphale de S. M. Guillaume Iᵉʳ dans Paris ! Ah ! dans cette matinée à jamais lugubre du 1ᵉʳ mars 1870, on ne parlait pas de recevoir le vainqueur allemand avec des orchidées à la boutonnière ! Nous avions la pointe des casques sur la gorge, et la France à terre, désarmée, pantelante, son sang coulant par vingt blessures, ne pouvait faire un mouvement sans qu'aussitôt la pointe des lances de uhlans ne pénétrât. Sommes-nous tombés si bas, sommes-nous assez émasculés, vidés aujourd'hui, pour qu'on parle d'huiler les roues du wagon qui amènera l'empereur Guillaume II à l'Exposition de 1900 à Paris.

« Tous les raisonnements philosophiques ne prévaudront jamais contre cette instinctive horreur du bon Français pour la présence insultante du soudard allemand. La conception de la patrie est sans doute une idée primitive, simpliste, arriérée. Oui, nous sommes tous enfants de la planète, citoyens du monde. Les barrières qui séparent les peuples sont artificielles et mauvaises. Les Bourguignons guerroyaient jadis contre les Gascons, et les batailles entre les grands États ont succédé aux combats entre châtelains, entre roitelets, entre provinces. Un jour, l'humanité apaisée ne connaîtra plus d'autres luttes que la concurrence commerciale et sociale, une guerre qui fera peut-être regretter les vieilles rixes. Mais nous n'en sommes pas à ce degré de perfectionnement philosophique. En 1900, il y aura encore des frontières, des forteresses des deux côtés des Vosges, et Guillaume détiendra toujours par la force des peuples qui, en violation du principe sacré du droit moderne, n'auront pas été consultés, n'auront pas ratifié l'annexion. Donc, aucun accord, aucune entente n'est possible en ce temps-ci. Contre l'ennemi, la revendication est éternelle et la prescription ne s'acquiert point en matière de peuples volés. Guillaume ne rendra pas l'Alsace-Lorraine, soit. Mais ne lui apportons pas Paris sur un plat d'argent. On ne peut toujours haïr, dit-on. Si, quand l'offense est toujours vive, toujours actuelle. Ah! conservons-la précieusement, cette rancune au cœur! C'est notre élixir de vie. Ne nous laissons pas endoctriner par des sophismes en apparence philosophiques, humains, raisonnables. Comprenons bien le peu de dignité qu'il y a, en ce moment surtout, à paraître mendier la bienveillance de Guillaume. Il ne demande qu'à être raccommodé avec nous, sans qu'il lui en coûte. Volontiers même, si vous voulez licencier l'armée et démanteler les forts, il se charge de nous garder, de nous protéger, de nous assurer la paix. Peut-être des gens d'esprit soutiendront-ils cette ingénieuse solution. Conservons un peu mieux le sang-froid et l'honneur. »

Voilà qui est parler! Si nous ne restons pas à toute heure en garde, c'en est fait de la France.

En mars 1892, le journal *Le Figaro* avait le premier procédé à une enquête sur la question d'Alsace-Lorraine. Et M. E. Lavisse rappela à cette occasion cette réponse que lui fit, un jour, l'un des Allemands les plus pacifiques, le Dr Reichensperger : « Si la confiance que nous avons dans l'issue d'une guerre avec la France devait se réaliser, nous créerions dans votre pays une situation qui le mettrait dans l'impossibilité de violer le traité de paix... » C'est-à-dire, ajoute M. Lavisse : « Vous serez réduits à la condition de tributaires. Pour assurer la perception du tribut, nous mettrons des garnisons dans la France désarmée et un gouverneur au Mont-Valérien. »

Et maintenant, trêve aux illusions et renonçons aux questionnaires.

IX

Un grand fait vient de se produire qui donne à la politique une orientation nouvelle, c'est l'alliance franco-russe. Préparée par nos diplomates et nos ambassadeurs à Saint-Pétersbourg, elle entra dans le domaine des réalités à partir du congrès de Berlin, où Bismarck força la Russie à renoncer aux bénéfices du traité de San-Stefano. La Russie n'a pas oublié cet affront. Bien qu'il soit téméraire et aventuré d'en escompter les conséquences, on peut affirmer, sans crainte de se tromper, que la France n'est plus isolée dans le monde et qu'un facteur moral joue son rôle dans l'amitié qui unit les deux peuples. Après la visite des souverains russes à Paris, une immense espérance avait fait battre le cœur de la France. Et l'un des plus patriotes de nos écrivains écrivait, au lendemain de ces inoubliables fêtes russes, ces lignes auxquelles les toasts, prononcés à bord du *Pothuau*, ont donné une confirmation si éclatante :

« Pourquoi cette alliance? Pour le maintien de la paix. Mais, même dans la paix et pour son affermissement définitif, une injustice peut être réparée. Deux grands pays, alliés pour ce bon dessein, sûrs de leur force et environnés de son imposant appareil, peuvent faire appel au droit des nations...

« Qui donc osera prétendre qu'il n'y a rien de changé en Europe, quand Nicolas II ne passe en Alsace-Lorraine qu'au milieu des ténèbres, dans un train muet et fermé, dans un train de deuil?

« Le tsar veut la paix, nous voulons tous la paix. Mais non la paix barbare d'aujourd'hui, qui ne repose que sur la force et que troublent sans cesse les provocations et les menaces. Le tsar veut la paix, mais telle qu'elle devrait surgir à l'aurore du vingtième siècle, la paix dans la civilisation et la justice. »

Le terrible problème n'est pas résolu, mais il est entré dans une phase nouvelle. L'avenir seul en décidera. Mais l'Allemagne commence à sentir qu'elle a contre elle la conscience du genre humain. En attendant, ceux qui suivent, par la pensée et par le cœur, le changement que chaque année apporte à la réalisation de patriotiques espérances, ceux-là n'ont pu se défendre d'un sentiment de joie et de réconfort. Parmi eux se trouvent les Alsaciens-Lorrains qui, depuis 1871, ont opté pour la France. Français par droit de naissance, ils sont restés tels, par affection et par devoir. Si la France leur a fait une belle place à son foyer, ils lui consacrent en retour leur intelligence, leur activité, leur dévouement. Ceux qui les connaissent mal peuvent se méprendre sur leurs espérances jamais découragées, mais patientes. Ce ne sont ni des agitateurs, ni des agités. Ils n'oublient, ni ne se résignent; mais il ne sort de leur bouche aucune parole inconsidérée de haine et de vengeance. Comme leurs concitoyens, ils travaillent et coopèrent au relèvement de la France, et nul ne saurait leur reprocher de regretter la province natale et de connaître encore le mal du pays, ce mal dont on souffre toujours, et dont on meurt quelquefois. Ce sont pour les Français des frères en deuil; et c'est ainsi qu'on devrait les traiter, au lieu de leur adresser, comme cela arrive, cette épithète de Prussien, qui est une suprême injure et une souveraine injustice.

Les Alsaciens-Lorrains de France se sont groupés par villes ou par départements en sociétés fraternelles et en sociétés de secours mutuels. Elles rendent, par la réintégration, la patrie perdue à beaucoup d'annexés émigrés; elles établissent des liens entre les isolés et, par les secours qu'elles distribuent, rendent plus supportables aux pauvres les épreuves de la vie. Il se dépense dans ces associations entre Alsaciens-Lorrains beaucoup d'activité et de dévouement : ceux qui les dirigent sont de bons serviteurs de la patrie.

Mais, de l'autre côté de la frontière aussi, les cœurs ont dû tressaillir. De pacifiques paroles n'autorisent pas de belliqueuses espérances, mais elles ravivent la confiance en un avenir meilleur. Et si l'on veut savoir comment on apprécie en Alsace-Lorraine cette alliance, qu'on lise les vers suivants qui nous viennent de là-bas :

> Dans les bois de Lorraine, aux pieds velus des chênes,
> Sommeillent des étangs moirés, où les oiseaux
> Viennent guetter l'avril et les amours prochaines,
> Dès qu'on voit poindre l'herbe et verdir les roseaux.
>
> Peu de bruits sur leurs bords; leurs eaux dorment sereines,
> Mais en gardant des plis pareils à ceux qu'on voit
> Sur les fronts sillonnés de nos veuves lorraines,
> Qui sauraient trop que dire et qui restent sans voix.
>
> Lointains et chers étangs! Ils nous diraient peut-être,
> S'ils parlaient, plus d'un triste et touchant souvenir.
> Mais quand on a, comme eux, changé souvent de maître,
> On songe d'autrefois, sans croire à l'avenir.
>
> Oh ! le long de leurs bords, que suit la blanche route,
> Combien de régiments cheminèrent au pas?
> Nul ne les a revus. Traînards de la déroute,
> Ou héros de la lutte, ils sont restés là-bas.

L'ALSACE-LORRAINE

Là-bas, les régiments de Flandre et de Lorraine,
Et les chevau-légers, chargeant avec fureur,
Là-bas, les dragons bleus aux couleurs de la reine,
Là-bas, les grenadiers du premier empereur !

Dans l'herbe et les sillons, sous les branches des chênes.
Ils sont tombés sanglants en de mâles efforts,
Et le granit pesant, qu'on entoure de chaînes,
Les couvre prisonniers, même après qu'ils sont morts.

Et voici, qu'eux vaincus, la lance au poing, arrive
Le hulan éclaireur, noir de poudre et barbu,
Dont le cheval fumant boit à la même rive,
Où les chevaux français jusqu'alors avaient bu.

Et les lourds escadrons se ruant aux pillages,
Chevauchent plus avant et toujours plus avant,
Eclairant leurs galops aux flammes des villages,
Qui brûlent dans la nuit sans lune, au gré du vent.

Ainsi, de siècle en siècle, ils passent horde ou bande
Vers la terre de France, ô mes pauvres étangs.
Et l'histoire pour nous est la dure légende
De ceux qu'on fait changer de nom tous les cent ans.

Nous sommes la rançon de la guerre mauvaise ;
Aujourd'hui nous ployons sous le joug étranger,
Comme si l'âme était allemande ou française,
Et pouvait au hasard se contraindre et changer.

On a pris les forêts, les campagnes, les villes,
Avec les malheureux, qui sont restés là-bas ;
Mais la force sans droit fait des conquêtes viles
Et les traités sont morts, où les cœurs ne sont pas.

Le droit à la patrie est humain et vivace ;
C'est la foi des pays qui viennent de s'unir.
Enfin sur la douleur de Lorraine et d'Alsace
Une étoile a brillé ! Croyons à l'avenir !

Le Gérant : J.-B. BRIAUD.

Sceaux, — Imprimerie E. Charaire